KB106084

# 주목받고 싶은 천 개의 바람

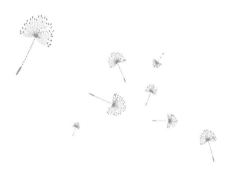

# 주목받고 싶은 천 개의 바람

**발행일**   2022년 7월 25일

**지은이**   김승덕
**펴낸이**   손형국
**펴낸곳**   (주)북랩
**편집인**   선일영                    **편집**   정두철, 배진용, 김현아, 박준, 장하영
**디자인**   이현수, 김민하, 김영주, 안유경, 신혜림   **제작**   박기성, 황동현, 구성우, 권태련
**마케팅**   김회란, 박진관
**출판등록**   2004. 12. 1(제2012-000051호)
**주소**   서울특별시 금천구 가산디지털 1로 168, 우림라이온스밸리 B동 B113~114호, C동 B101호
**홈페이지**   www.book.co.kr
**전화번호**   (02)2026-5777                    **팩스**   (02)2026-5747

**ISBN**   979-11-6836-407-3  03810 (종이책)      979-11-6836-408-0  05810 (전자책)

김승덕 첫 번째 시집

# 주목받고 싶은 천 개의 바람

시를 쓰는 기쁨과 인생의 무게,
그 사이에 매달리다

북랩

## 제3부 시가 익는 가을 풍상

## 제4부 타지 않는 시집은 버려라

제1부

감을 두 손으로 쪼개어 먹었다

# 시를 읽는 가을 풍상

서울로 올라가는 기차간
어머님이 싸준 김밥을
목구멍으로 밀어 넣는다

도시락 밑바닥에 붙은
웬 쪽지가 있어 펼쳐보니

승덕아!
"시는 슬플 때 쓰는 거라는데,
얼마나 울어야, 시집을 내겠노?"

김밥이 입안에서 뱅뱅 돈다
벌써 눈알이 붉어지면서
노을이 뚝뚝 떨어진다

어무이요 많이 울었습니더
곧 시집 내면 어무이한테
먼저 가지고 갔기에

꿈속에 만나면
시 한 줄 주이소, 어무이요
어무이가 더 울었잖습니꺼

# 해운대

발목을 잃어버린 해안선

비장한 절벽 옹알대는 갈매기


산돼지가 되어버린 비둘기

반야심경을 외우는 해운대


백발이 되어버린

모래톱 짙게 파인 발자국


발을 가져간 동해의 얼굴

달을 뺏으려 바다는 달려왔다

# 꽃이 필 때

꽃이 필 때
엄마는 무얼 보며
살았을까?

흐드러져 나부끼는
저 꽃들이 필 때
엄마는 어디에 혼을 두고 계셨을까?

꽃을 잃어버린
엄마 가슴에
하얀 목련꽃을 보았다

# 외딴섬


왜 나에게는

갈매기도 오지 않는가?

# 치환의 시간

시커먼 안개가 뱉어낸 시큼한 냄새가 쏟아지는 거리를
걸었다.
달아난 태양의 뒤 주머니에서 나온 비타민을 찾으러
표주박 기녀를 불렀었지.
꾸역꾸역 먹는 돼지의 우울한 순정을 몰라본
내가 잘못한 거야.
다 지워버려야 했어. 비우고 씻어야 했어. 텅 빈 우주에
별들을 감추느라, 손가락 두 개의 순결은 바치기로 했어.
그런데 말이야, 처마 밑 얼어붙은 산타 할아버지의
수염을 그리다가 그만 밧줄을 놓쳐버렸어.
꽤 높은 암벽이었는데 말이야.
양의 피를 발라 목욕을 한 그날 바람이 처연히 불어왔었지.
쓸데없는 그림자를 밟고 울고 서 있는 너를 보았어.
치환의 시간이 가물거리며 저고리에서 웃고 있는 십자가가
나풀거리고 있어서.

# 물동이

젊었을 때
촐랑촐랑
까불며 뛰놀았다
물동이는 반이었다

나이 예순 넘으니
물동이에 물이 샌다
여기 찔끔, 저기 찔끔

아!
이러다
물 한 바가지도
안 남겠네

# 벚꽃이 나와 닮은 점


내가

분 바르고 화장 좀 하면

가만있던 바람이 세차게 불어오고

비가 요란하게 온다

# 바람의 예불

발목 없는 바람이

문지방을 넘어 들어왔다.

발기된 소리가 있어.

행여 님인가 했더니,

생명을 구걸하는 헛기침 소리

바다의 풍상

태양의 살을 베어버리고

용트림하는 속울음

우우하며 하늘을 밀고

다니는 바람의 예불

목탁 소리만 경내에 가득한 지금,

바람의 살과 피가 춤추며 저 높은 땅 어딘가에

바람의 예불을 드리며 처연히 서 있는

해송의 눈물을 바라본다.

# 귀천

하나씩

비워내다


"텅"

공명 소리가 들리면


귀환의

종소리라 여기며


기쁜 마음으로

돌아가겠습니다

# 산은 알려주지 않는다

산, 산, 산!

산들이 다가온다
산에 박힌 별들이
유리알처럼 반짝인다

산표범이 훔쳐 먹은 달
표백表白된 얘기만
달 뒤편에서 흘러나왔다

질고에 말라버린 상현달
산에서 땀방울이
주르륵 흘러내렸다

길을 잃어버렸다

보라색 길

산은 말을 하지 않는다

# 해송

바다의 바람살
궂고 험하다 해도
해를 두려워하지 않는 널
눈이 시리도록 껴안는다

어제도 그랬었지
미친년처럼 나부대며
희롱하고 할퀴고 올 때
바다에 뛰어드는 줄 알았다

우우하며
100년 200년 울부짖고 서 있는
너는 도대체 누구란 말이냐?

# 에스프레소

사랑, 그 몹쓸 노래를 부르고 싶다던 그녀의 가녀린 손끝이
떨린다.

깊은 가을만큼이나 움푹 물들어 버린 왼쪽 가슴 밑이
멍멍하다 못해 저린다.

사랑, 그 쓸쓸한 놈이 우두커니 잔잔한 물결 툭 건드리고
저만치 달아난다.

밤 깊어 새록새록 꽃잎 위 수놓을 자 누구일까?

차라리 그 사람 내 속에 저벅저벅 걸어 다녔으면 좋겠다.

타는 심장 따뜻한 손 정말 그리운데,

젖은 눈빛 까만 에스프레소 한 모금 울컥…

아, 졸랑졸랑 쿵쿵대는 복실이 눈만 초롱초롱하다.

# 사랑의 개념

너에게
가을 편지 곱게 접어 보내려고
우체국에 갔었어

한데
그 편지는
보낼 수 없다는 거야

직원과 다투고 돌아왔어
용량이 초과 되었대

사랑을

많이 담아

배달부 아저씨가

들 수가 없다는 가봐


어쩌지

나는

더 넣고 싶은데

# 가을의 색깔

포도주를

맛보는 시큼한 색


온 색이 위락萎落

바다로 채색되는 인생의 색깔


허망한 쓴맛

철이 든 계절


저물거든. 창문 열고

쓸쓸한 맛 폐부 깊은 곳으로

# 기름진 초승달

점들을 찍었다
삐뚤거리고
볼품없는 점들을

눈이 오나,
비가 오나,
쉼 없이 찍어 갔다

어느 날
그 언제 어떤 날에
선이 되어
칼을 가져다주었다

# 시래기는 참 맛있다

시래기가 바람에 흩날립니다.

포승줄에 묶여 결락된 청춘으로 산 지도 오래

사람들은 나를 벗은 몸이라 깔깔대지만,

바람 앞에 이해받고 싶었고 사랑받고 싶었다.

자연의 방식대로 폐부의 푸른 옷들은

이제 입을 수가 없다.

처음에는 선험적 미립자처럼 내게 살며시 다가왔고,

그러다 착란 같은 사랑에 빠졌고,

온몸으로 그를 맞이했다.

비록 적신이 말라 비틀거린다고 해도,

처마 밑 생을 그렇게 살다 간다고 해도,

우리는 맥락에 의한 사연 깊은 연으로 귀결하는

풋풋한 사랑을 믿었고,

그가 서쪽에서 날 만지러 올 때,

온몸으로 거부도 해보았지만,

야위어가는 내밀한 마음의 바삭거림으로는

어쩔 수 없었다.

사랑은 늘 서걱거리도록 아프다.

바람과의 인연 외줄에 기댄 억겁의 세월

다 내어주고 다 가져가 버린…

내가 그를 사랑했기에,

시래기가 바람에 안기어 오늘도 생멸의 춤을 춘다.

# 새우깡은 참 좋겠다

손이
가요
손이 가

자꾸만
손이 가

손이 가는 게
새우깡이 아니라
사랑이다

자꾸만

손이 가고픈 게

사랑이다


새우깡은 참 좋겠다

# 시어

언어를 데려다가

세탁기 안에 넣고 돌렸다

빙글빙글 돌면서 탈수 과정을 거치니 홀쭉해졌다


어떤 이들은 언어를 데려다가

마대자루를 둘러씌우고 두들겨 패기까지 했다

온몸에 울긋불긋 피멍 자국이 그림 같다


어떤 이들은 비틀대는 언어를

그냥 두지 않고 손님을 받아야 한다며

짙은 화장을 시킨다

갈색 립스틱을 발라보기도 하고 감색도 칠해본다

지쳐버린 언어의 눈가엔 눈시울이

뜨겁고 카랑카랑하다

나 시어 안 할래

맑은 하늘가 청초하게 살고 싶어


언어의 하얀 독백을 들으며

신신 파스 한 장을

떼어다가

허리춤에 꼼꼼히 발라주었다

# 바윗돌

이제는 끝난 줄 알았다

할머니께서는 조금만 가면

다 왔으니 참으라 하셨다


스무고개를 지날 때

쏟아지는 장맛비에

내 몸은

온통 흙탕물로 퇴색이 되었다

# 컵

너의 용도를
묻지 않겠다


너는
게슈타포다


너에게로 간 자
이슬처럼 사라졌다


나는
너에게로 가서 너의 꽃이
되고 싶지 않다

제2부

주목받고 싶은 천 개의 바람

# 도미솔의 연가

도미솔

돌 하나 횅하니 품에 안고

섬진강 나루터에 서 있었습니다.

거울 속에 비친 그녀가

봄을 데려다가 내 발등 상에 사뿐히

내려놓았습니다.

물줄기는 미쾌未快하게 방울방울 흐르고

이끼 낀 돌 틈 사이로 봄 여울이 졸졸 내려옵니다.

하늘하늘 소리 없는 아우성처럼

돌 하나에 애틋한 사랑을 품은

도미솔

하나둘 그리고 셋

햇살은 봄 처녀같이 간지럽게 비쳐오고,

강변은 온통 사랑으로 너울너울 번쩍거립니다.

# 점에서 영원으로

점
무한대
영원으로

요단강을
그분과 함께
노래하며 갑니다

점이었습니다
산다는 게

보험 하나
근사하게 들었습니다

# 표주박을 닮은 기녀

태양을 나눠 먹고 낳은
고려의 찬연한 기쁨과 슬픔에는
붉은 고래의 태기가 서려 있었다

알 수 없는 편력 속으로 채질하며
수만 번 부초처럼 떠다녔던 그녀의 빈 들 앞에
반딧불은 천 년을 울어대며
풀처럼 누워 별들을 보았다

머리끝에서 발끝까지 샘솟는
월계관과 키스하며 고즈넉하고
소슬한 그녀의 묵향墨香을 느끼고 싶었다

태양이 던져 놓은

윤슬을 한 몸으로 받지 못한

슬픈 몰년의 눈동자는

강에서 흘러 산으로 갔다


천 년의 가을을 묻는 그녀가

슬프도록 사랑스러울 때


나는

박물관 통행로 왼쪽으로

걸어가며


시를

재현적 벽장 속에 묻었다

# 대장간의 북소리

차돌멩이처럼 단단해야 살 수 있는 거야
바람이 불어와도 부서지지 않는
얼어붙은 단단한 것이어야 해

인생이란 말이야. 퍼석거리는 돌멩이로
살다간 언젠가 다 부서져

돌들이 서로 부딪히고
모난 구석에 벌 건 피를
흘리며 전투를 벌이는

밤새워 흔들거리는 꽃대도
뿌리의 날 선 손톱이 없었다면
넘어져 거리에서 울었을 거야

단단해져야 살 수 있는

흐물흐물하는 어중이떠중이

오늘도 대장간에는 철없는 민도리(憫棹)들이

우두커니 줄지어 서 있다

# 생기

생기라는 단어
말만 들어도
청춘의 가슴 뛰는 말 같아서
살아있다는 가슴의 증거

생기

어떤 것일까?
곱상한 마음의 바람
저 사람 요즘 바람났나 봐
저 생기 좀 봐

생글거리며 윤기 나는 얼굴

생기는 누가 나에게

가져다주는 선물일까?

# 감을 두 손으로 쪼개어 먹었다

아버님이 세상을 간암으로 떠나실 때 나이 일곱 살이었다
어머님은 세상이 아주 고약한 곳이라 일러주시지 않았다


담장 밖을 넘어 내려갔다
이상한 세상이었다
지나가는 사람들이 나를 밟고 아무렇지도 않게
지나쳐버렸다
등이 따갑고 고통스러워 몇 번이나 울었다


여전히 기상예보의 늦장으로 길바닥은
빙판으로 미끈거렸고 지나는 오리 새끼는
다리가 묶이어 입술이 바들거렸다

손수레에 드러누운 차가운 감을 샀다

붉게 익은 홍시가 목덜미를

타고 내려갈 때마다 호수에는 연꽃이 피어났다

감을,

두 손으로 쪼개어 먹었다

감을 두 손으로

쪼개어 먹었다

감을 두 손으로 쪼개어

먹었다

감을 두 손으로 쪼개어 먹었다

# 꽃씨

염전 쓰디쓴 광야

박토에 홀로 떨어져

꽃씨 하나 날아와 앉습니다


하늘에 연어도 있었고

종달새 우짖는 숭어도

거기 있었습니다


꽃씨 하나 그리움 베어 물고

수정 같은 이슬 품은 발아래

바잡는 봄비를 여태 기다렸습니다


꽃씨

하나가

꽃씨 하나가

# 빨치산의 이욕(利慾)


바닥으로

내려가 보아라


용안이 보이고

빠진 이빨 사이로 귀신의

붉은 점들이 쏟아져 나온다


빨치산 발자국

우렁찬 마의 흔들림


바닥으로 가면

좌측 비린내가 온몸으로

휘돌아 나왔다

# 청자를 벗겨두고

조용하고 담백하게 내려앉은 시선
곱다는 평을 하기에는 내 입술이
가벼워 보인다

철든 심연의 혼
소소히 내비치는 향기
그윽이 다가오는 청자의 부름 앞에
무릎을 꿇는다

한 오백 년 곁에 두고 같이
살자고 연심戀心으로 말했다
은은한 조명 아래

다시 태어나 초연히 맘을

설레게 하는 너는 누구인가?

청자 앞에선 부끄럽고 초라한

인생의 엷은 무늬


가지고 싶다


청자 앞에

한동안 서서

그의 것을 탐하는 죄를 짓고 싶다

# 낙엽들의 함성

잔잔한 낙엽들이
줄지어 소풍을 간다
수군수군 세상이 왜 이래?

차라리…
좋겠다며 재잘거린다

후두두 갈잎들이 너도나도
뛰어내린다

일 년에 한 번씩
풀썩 뛰어내리는 그들이 부럽다.
참다 참다 11월이 되면
"확"뛰어내린다

속이 시원하겠다.
1년만 참다가 뛰어내리고
다 뛰어내리는 거라며…


가을에는 비가 내린다
아픈 낙엽의 다리를 보며

# 아버지의 유산(遺産)

나는

종從이로소이다


천문 열고 들여다봐도

억겁億劫을 기어올라

혈흔血痕이 너울져 다가온다고 해도

나는 종從이로소이다


장산長山 깊은 물

오른쪽인가 하여 보니

왼쪽 구만리 굽이 흐르고 있으니

나는 종從이로소이다

유산遺産 찢어

화롯불에 던져 넣고

깊은 운명運命 살펴본들

어느 바람결에 기대어 올꼬


아!

나는 정처定處가 없는 종從이로소이다

# 하얀 블라우스

싸리비가 차갑다
차오르는 하얀 블라우스
사랑도 아닌 것이 떨어져서
하얗게 물이 들었다

파우스트가 데려온
짙은 영혼의 하모니
첼로와 철없는 피아노

강렬한 에너지
구걸하는 입안에서
갈대의 영혼이 주고 간 바람

가인의 빗줄기만 나부낀다

그녀가 타는 바이올린 현

온몸을 휘감고 숭고한 영혼


가녀린 블라우스

소천세계小千世界 환영인

하얀 블라우스를 포근히 안고

우산 속으로 걸어갔다

# 시를 그리워하는 마음

시를 찾다가 그리운 시를 찾다가 어린아이를 잃어버린

어미와 같이 행여 잃어버린 게 아닌가 하여 소조所遭하며

울어버린 경험이 있으신지요

그토록 사랑했던 시를 잃어버린 통절한 안타까움에

몸부림쳐 본 경험은 해보셨는지요

시를 그리고 또 그리워하다가 그를 애써 찾다가

울며 잠이 든 적은 몇 번은 있으신지요

칠흑같이 까만 속을 내보이며 시를 부르는 시인의 애절한

맘을 한번 느껴보셨는지요

간절하게 시를 부르는 가난한 시인의 꿈을 상상이나

해보셨는지요

시는 사랑하는 자에게로 달려갈 줄 아는 지극한

정령이기에 오늘도 시를 그리워하며

시에게 말을 건다

# 숭어

천의 얼굴

숨을 가지려 하늘을 나는


무엇이 그립기에

창공을 그토록 찾아

나서는가


속세 버리고

푸른 산 찾아가는


아!

천만번 뛰는 심장에

복이 있어라

# 붉은 닭대가리


붉은 왕관

자존심의 헛껍데기


온종일 구구단을

외워야 사는


아직도

인생의 벼랑이 무수히

버티고 있을 테지


노회한 새벽

청명한 외침

관객의 영혼

상처를 주고 싶다며

검劍을 주로 온 두 발

붉은 닭대가리

# F = MS

그 사람 정서적 감성 꿈틀거리는 그 속에 울고 있는 고독한 미로를 어떻게 위로하며 터치할까?

하얀 담배 연기 물어가는 저 돛단배처럼 하늘에서 하얀 배고픔이 뚝뚝 떨어진다.

비 내리는 봄날 진한 슬픔이 비 냄새에서 묻어난다.

노회한 인생의 그 작은 감성 위로 자전거 뒷바퀴는 차갑게 왱왱거린다.

감성의 봄날은 날씨 참 좋다는 말,

딸기 펜 케이크처럼 하얀 블라우스에 소나타를 담고

뒤 물결에 밀려오는 또 하나의 행복처럼 아기 손 흔들며

달려간다. 아무 사이에서 그런 사이로 가는 질곡 점에서 굴곡 하는 감성의 회오리는 도시의 언덕을 휘감고 그 사람 파란 하모니카 선율에 맞추어 토끼와 잠을 잔다.

F     행복은

m    사랑이

S     움직인 만큼의 거리

# 바다에 닿지 않는 강

섬진강 맑은 물을 거슬러 오르는 낡은 목선의 되돌림에는

땀방울의 피 흘림이 있다.

생명의 끝자락에 웃옷을 벗고 바다로 기어오르는

담쟁이들의 힘찬 몸부림에는 속 깊은 속살의 등 푸른

눈물이 있다.

돌아가야 할 텐데 내려놓아야 할 텐데 그리움은 벌써인데

연어의 하얀 낮달 고이 품고 새근새근

거룩한 바다로 장강의 떼 지어 오르는 당신의 뱃노래

생의 아픔과 별배別杯할 수 있도록 열리지 않는 바다

닿지 않는 저 강물들이 춤을 춘다.

어머니를 잊은 무심한 모래톱 머리 위에 동백꽃이

하얗게도 밀려온다.

# 시인의 마음

시인의 심상은
하늘같이 맑아야 한다

마음이 하늘이고 별이고
달이고 바람이어야 한다

세상에 살아도 날아다니는
한 줌의 먼지여야 한다

시인의 눈은 하늘이 내려준
천상의 아기 같은 해맑은 눈빛이어야 한다

시인의 마음에는 금빛
찬란한 보석들로 가득하다

# 사랑이 뭐예요

엄마
사랑이 뭐야?

아들이
초롱초롱한 눈망울로 묻는다

사랑은 말이야.
따뜻하게 해주는 거란다

그리고
함께할 때 훨씬 더 따뜻해

# 너에게로 가고 싶다

따닥따닥 창문을 두드리며,
나 왔어요, 한다

산 넘고 바다 건너 달려온 너
내려오면서 무슨 생각을 했을까?

행여나 임이 없을까?
가슴 졸였을까?

바람 불어 강나루로 날려갔을까?
애태우며 내려왔을까?

먼 길 임 그리워 찾아내리는
저 빗물 속에는 비타민이 가득하다

# 알츠하이머


엄마

아빠

삼촌

조카

선생님

동장

이장

배

선장

코카콜라를 잃어버리고


먹는다

입는다

마신다

뛴다

흘러간다

ㄴ다를 잊어버렸다

드디어

잃어버려서

반갑고


잊어버려서

고마운 인생 이야기들이

...


시는

그래서 아름답다

# 시를 백숙처럼

새로 들여온 시를
조심스럽게 내리고
물을 붓는다
물이 약간은 튀고 넘쳤으나

시는 살아 있는 망둥어
씽씽 달아나 뱅글뱅글
시를 조심스럽게 만지작거린다

우주 방목의 자유
시가 춤을 춘다
흰 눈처럼 내리는 보물

입 안 질감의 느낌

시가 녹는 동안에 진국이 나는

시를 백숙처럼 온전히 발겨서 먹는다

제3부

시가 익는 가을 풍상

# 새벽의 노래

160만 명의 새벽 인력들이 들길에서 찬 기운과 씨름하고 있을 때 염치없는 나는 따뜻한 이불 속 뒹굴며 분에 넘치는 영적 놀이를 하고 있었다.

소개비를 아끼려 쉰 거리에 서성이는 언 땅에 아픈 인생들 봉고차가 달려오고, 그날따라 일 나가는 날이면 미소 지으며 천진난만한 어린아이처럼 마냥 좋아한다. 일자리를 놓친 절반 이상의 어깨 처진 인력들은 허탈한 맘 씻으러 해장하러 간다.

컵라면에 쓰디쓴 깡소주 주머니에 천 원짜리 몇 장이 남아있다. 배고픈 영혼들이 둘러맨 가방 속엔 먼지 가득한 작업복이 숨죽여 기다린다.

어쩌다 이곳까지 왔을까?

그리고 어디로 가는 것일까?

내일은 좀 편한 일터로 갈 수 있을까?

바람이 분다. 코끝에 맺힌 인생의 무게가 실룩거린다.

힘없이 뚝뚝 떨어진다. 천국은 어디에 있을까?

행복은 있기나 한 것일까? 새벽의 노래를 두만강처럼

부른다.

차가운 바람과 함께 운수 좋은 날

달콤한 대포 한 잔을 마시고, 어둑어둑한 집 안으로

들어가기가 아련하다.

아내의 외침이 없는 날은, 가슴부터 덜컹거리는 이유는

도대체 뭘까?

# 사랑은 늘 마음을 보고 싶어 한다

성재야 아이스크림 아빠와 나눠 먹자
아니…

성재의 초롱초롱한 눈망울은
얼음과자에 시선을 놓을 수가 없다

아빠가 사준 아이스크림

성재는 흐르는 국물이 아쉬운 듯
연신 얼음과자에 시선이 압도되고

아빠의 음성을 잊은 지 오래다

네가 조금만 주면
한 상자도 사줄 수 있는데…

아빠는 아이의 마음을 봅니다

사랑은 늘 이렇게

상대 마음의 동선을 들여다봅니다

마음의 동선은

서로 주고받을 때 더 행복합니다

# 모래 위에 핀 꽃

모래사장에 "사랑해"라고 썼습니다
갈매기들이 웅성거리며
흥얼대며 보고 갔습니다

파도가 밀려옵니다
하얗게 머리를 올린
기억들을 지우고 달아났습니다

사랑을 하나, 둘씩
용궁으로 데려갑니다
"사랑해" 저물도록 썼습니다

파도가 달려왔습니다
바지가 흰 너울과 싸우다 지쳐
잠이 들었습니다

# 욕망이라는 부질없는 폐

한곳에 거처를 잡지 아니하는 미결정성의 맥

모든 것이면서 아무것도 아닌 네가

내 속에 속살처럼 가득하여 있다.

파도 물결처럼 일렁일렁

치근대며 다가왔다가 붙잡을 수도 가져갈 수도 없는,

물들이 계곡을 지나 그 험한 절벽에서 떨어진다.

너를 어떻게 잡아 날쌔게 달아나는,

길 위에서 사랑을 꿈꾸는 너를 어떻게 붙잡아!

# 꽃이 되고 싶어요

이제는
꽃이 되고 싶어요
저도
꽃이 되고 싶어요

전쟁 같은 모진 세월
해와 달 안고
울었었는데

저 노을, 날 안고 가기 전
한 번은 꽃이 되고 싶어요
꽃이 되고 싶어요

야스락 야스락

사랑받는 꽃 쓰린 가슴

저를 많이 사랑해주세요

서러웠던 세월만큼이나


꽃이

되고 싶어요

꽃이 되고

싶어요

꽃이 되고 싶어요

# 벽돌 한 장


침묵, 고독

기다리므로 다져진

벽돌 한 장


지난밤

어머니께서

벽돌 한 장 올리시고 가셨다


산다는 것은

걸어온 길 내려놓는 거라 했는데

어머니 벽돌 한 장은 왜 쌓고 가셔요?


아쉬운 손

"야야" 부르시며

벽돌 한 장 기어이 올려놓고 가셨다

# 사랑 제품 설명서

함부로 다루지 말 것

큰소리치지 말 것

가라는 소리 하지 말 것

장난감 주었다가 빼앗지 말 것

# 새싹


할아버지가

돌아가셨다


장지에 도착하여

이제 이별의 하관을 하려는데


따라온 다섯 살 된

딸이 엄마 손을 팔랑팔랑 흔들며


묻는다

엄마

할아버지 이렇게

심으면

언제 나와

눈물로

범벅된 엄마의 눈이


그냥

동그래졌다

# 갈대밭을 걷는 바람

갈대밭 하얀 꽃대들 한 아름
생의 긴 한숨을 쉴 적, 마른 가슴 쓰다듬으며 걷는
바람의 행렬을 보았는가?

나직이 울려오는 글썽함
철든 바람의 속살이라 느꼈는가?
빈천에 눈이 내리고

우우하며 흔들리는 바람살
장강에 밀려온 갈대의 토악질을
어떻게 알았을까?

# 낙엽

떨어지는
낙엽에도 순서가 있다

어미는 안다
어떤 애가 아픈 앤지

어미는 운다
가을이 되면 아파서

아픈 아이가
"앙"울면서 떨어질 때

어미는 바람을
붙잡고 몸부림을 친다

# 하나님의 냄새

안식일 성전에서

맞는 냄새는

하나님의 냄새다

이곳의 공기는 성스러운 공기다

이곳에 흘러드는 공기는

거룩한 하나님의 생혈이

내 맘속에 흘러들어오는 일이 일어난다

그 열루熱淚가 들어와서

암 덩어리가 떨어져 나가는 기적의 장소가 된다

냄새가 난다

달콤한 하나님의 냄새가

콧속으로 슬슬 들어온다

내 영혼이 자라나고

행복한 나라를 이루는

놀라운 냄새다

# 여자가 제일 싫어하는 말

"너",

"가라"

# 코카콜라


코카콜라


어둠의 갈색 기침 갱부의 노래
태양의 주소를 잃어버리고
칠흑같이 야릇한 검은 것이
식도 밑 온몸으로 밀고 내려올 때


코카콜라


마개를 잃어버린 장부의 화산
누런 유황을 뒤집어쓴 채
힘없는 비련을 놓아버린
망부의 노랫가락처럼 쓰고 달다

코카콜라

대통령, 엘리자베스 테일러
마이클 잭슨, 빌 게이츠
안철수, 김승덕, 노숙자
철이 엄마, 상재 아빠

담 너머 누구
다들 코카콜라를 좋아하고
모든 코카콜라는 똑같고
모든 코카콜라는 맛있다

진한 내출혈

코카콜라

# 눈을 감는다는 게

잘 몰랐다

산다는 건 눈에 본 것대로 사는 줄 알았다
더 밝게 보는 것이 살아남는 비결인 줄 알았다

살다가 모래바람이 몇 번 눈곱 속으로
쏟아낸 눈물을 알았을 때

사는 건 봉사처럼 눈을 감는다는 사실을
깨달았다
모든 눈을
무지한 나의 두 눈을

# 귀신 같은 사랑

쫓아내고
데려오고
호통치고
부여잡고

흔들리는 사랑
똑
귀신같다

# 주목받고 싶은 천 개의 바람

가끔은 주목받고 싶은 생이 되고 싶다던 그녀의 감색
얼굴이 새파랗다.
지독한 사랑을 위해 소주잔의 전설을 배운다.
외로운 육체 섬을 안고 사는 심장 쓴 보혈이 유성처럼
쏟아지는 밤,
별들과 바람의 노래와 차가운 카바이드 호롱불과
입맞춤하며,
회색 도시의 찬 술잔을 마신다.
내 생애 따뜻한 사랑 딱 한 번만이라도
…
한 여인의 빈 가슴이 태평양보다 넓고 깊게 보인다.
눈가에 촉촉한 이슬 가끔은 주목받는 사랑을
단 한 번이라도 받아봤으면 하고,
어둡고 긴 내면이 시큼한 소주잔으로 핥기 시작했다.
바람이 분다. 사랑받지 못한 아픈 천 개의 영혼이 떠다닌다.

그녀 앞에 뒹굴며 섰다. 사랑받지 못해 날마다 짙은 감색

립스틱을 거울에 새기며, 슬픈 눈가에 이슬을 훔쳐먹고

사는 그녀 앞에,

천 개의 바람이 다가와 풀처럼 눕는다.

주목받고 싶은 사랑, 사랑 그놈, 그 부재한 그녀가

오늘도 천 개의 풀들과 바람 속을,

수없이 휘돌다 나오며

구멍 숭숭한 사랑의 감옥 앞에 우두커니 서 있다.

# 시간

시간 잡식성 괴물

배알 없는 친구

멈추지 않는 허욕

뱅글거리는 하루


캔버스 위에 날 일자

덮여버린 바람이 일렁인다

쓸모없는 망각을 위로하며

자유를 기웃거리다가


절간의 풍경 소리만

땡그랑거린다

시간이 다녀간 뒷모습

촘촘하게 박힌 하얀 국화가

거룩한 인사를 받는다

# 바다

오늘

내가 보는 바다는

어제 본 그 바다가 아니다

# 바람의 통섭

사막을 지나갈 때
푸른 들판 낮은 미술관에서
오페라를 보았다

한복 입은 남자가
바람처럼 아는 것으로
자유를 옮기는 것을 보았다

사막을 조용히 지나간다
집을 정하고
들어가는 바람의 뒷모습을 보았다

찾아드는 윤회

철없는 학습

수만 번 반복하는 바람의 통섭

인생의 허다한 단상을 보았다

# 이룰 수 없는 내 사랑은 가고

범인들은 임종의 그 시까지

과거에 매여 삽니다

바람이라 여기며 숱한 과거를 지우려 술잔에


입술을 대지만

바람이 지나갔거니 돌아보면

앞에 우두커니 서 있으며

손짓하는 망령


묵언 수행

범인의 오탁五濁은 어찌할 수 없는

태곳적 사슬 묶인 죄인이기 때문입니다

그저 모나게 살다가

툭 떨어지는 날

자유의 기쁨을 느끼려나 봅니다

이룰 수 없는 내 사랑은 가고

# 시(詩)를 사랑하는 마음


너를 잃어버려

옥외 광고를 붙였다

집 나간 지 서너 달


모든 걸 이해하고 용서할 테니

걱정하지 말고 속히 돌아오너라


시가 돌아와 옹알이할 때

나는 사랑스러워 깨물고 싶었다

제4부

타지 않는 시집은 버려라

# 인형 놀이

태엽을 감아 놓았다. 얼마나 감겼는지

인형 머리에 붙은 버튼을 누르자,

경쾌한 음악이 흐르며 인형은 갖은 형태의 동작과 춤으로

지평선을 헤엄쳐 다닌다.

저것이 살아 날뛰는 토끼와 흡사하다.

경이롭게 활보하는 인형.

인형이 제자리에 선다. 고요한 침묵이 흐른다.

맛난 사탕을 가져다주고 얼레여도 인형의 눈동자는

움직이지 않는다.

간밤에 감아두었던 태엽이 제자리로 돌아간 것이다.

인형 놀이가 끝난 뒷사람들이 큰절한다.

태엽을 잃어버린 인형은 국화꽃 옆에서 염화미소를 지으며

나를 바라본다.

# 애완견 분양

상태: 눈먼 강아지

조건: 끝까지 사랑해 줄 수 있는 분

# 떫은 사람

화분에 비가 내린다
뚝뚝 떨어지는 진녹색 물줄기

한 잎 베어 문 이빨
묻어나는 석탄 냄새

천장에 줄줄이 서 있는
천 년의 업보 외로운 화분

바람이 분다
천도에 끓는 바람이 달려와

쓸개의 비린내를 가져갔다
온몸을 헤집고 돌며 달아난 자국

바람에 넘어지며

헐벗은 내장이 덜덜거리며 그네를 탄다


이놈의 미운 맛

핑 도는 떫은 옥모玉貌

# 비단 주머니

몸과 정신을 다스리다
안개의 손가락이 부었다


비물질적인 것에 취해버린
그녀가 고궁한 가슴을 만진다


지나온 장강의 다리
힘없이 누워버린


그녀는 누구일까?
비단 주머니
하늘만 빙빙 도는 까마귀 헛기침 소리

# 붉은 산 위에 흰 달

붉은 산 위에 흰 달이 뜰 때
아기는 운다
붉은 산이 꿈틀대며 자글거린다

잠을 자고 일어나니
붉은 산 위에 뽀송뽀송
흰 달이 떴다

신기한 흰 달
활짝 웃는다
붉은 산에서 흰 달이 솟을 때
아기는 운다

자고 나니 불쑥 솟은
흰 달을 보며 엄마는
고운 미소를 짓는다

# 어떤 책상

수업을 파하고

모두 제 갈 길로 갔건만


내 책상만이

삐뚤어져 있다

# 마흔이 지나면서

마흔이 지나면서
왼쪽 심장에 실낱같은
바람이 불어왔다

마흔이 지나면서
오른쪽 가슴이 무너지는
갱도坑道 사고가 났다

마흔이 지나면서
다 날아가고 없는
텅 빈 광야를 보았다

마흔이 지나면서
웅성거리는 태풍이 다닌다는 걸
처음 알았다

# 어떤 변증법적 방법

자넨 하나님을 아는가? 그의 아들 예수를 아는가?

교회에 다니지 아니한가?

2+2=4를 알고 있는 너와 나 2+2=5가 되는 하나님을

어찌 안단 말인가?

5가 되는 파생적 화학적 현상에 참여해보았는가?

문밖에서 논증의 알사탕을 빨고 있는 자네가 5의 세계를

열고 들어가 오감을 통해 그의 세계를 탐색하지 않은 이상,

너는 하나님을 모른다고 답을 적는 게 맞다.

바람의 모습은 볼 수도 만져지기도 할 수 없는 영물이

아니겠는가?

교회 정문 앞에는 알 카포네가 십자가를 4달러에

팔고 있었고, 입장객들은 입장권을 들고 문 안으로

들어갔다.

5의 병리적 연설을 들으면서 하나님을 아는 체했다.

저렇게 고함치는 자는 코페르니쿠스의 변동 학설을 증명할

지식적 텍스트양이 넘쳐나고 있을까?

교회 문을 나서는 자들의 마음속에 5의 물리적 한계를

초극하는 비밀 하나는 가슴에 품고 나오는 것일까?

믿음이라는 영의 세계는 수학적 논증이 필요 없는 별들의

이상한 합집합의 세계다.

아인슈타인이 4의 논리성이 듬뿍 요리된 물리학을

우리 머리 위에 붓고 기도하지만, 영의 세계는 미시적인

양자학을 찬양한다.

물이 변하여 포도주가 되는 5의 세계를 사는 사람이

기독교인들이다.

늘 5를 바라보며 투시하는 사람들 4의 존재가 5의 존재를

알아본다는 것은 불가능한 일이다.

# 배꼽의 노래

비가 내린다

익숙한 까마귀에 포획당한 어리석은 소풍을 잊지는 않았다

기우제로 파도치는 하늘을 향해 엎드려 한 손이 떨려오는

금단현상을 숨긴 채 제를 올렸다


비가 내린다

천둥을 동반한 굵직한 헛기침이 밤새 흐느껴 울었다

쓸데없는 고통이 졸졸 흐르는 시냇물이 맑게 보였다


비가 내린다

허황된 것들에 대한 병폐와 싸우면서

까마귀의 노래를 들을 수 있을까?

비가 내린다

영혼으로부터 정념이 사라질 때까지

차츰 배꼽의 시계는 시들어 정지되어간다 천천히…

저렇게 비가 많이 내리는데…

# 노란 주전자 속 빈 그리움

우산 없이

그 집 앞

포탄이 떨어진다


알지 못했던 계절

맞았던 파편 속

게들이 기어 나온다


서너 살점 입에 물고

능선 넘은 게들의 입가에

낙타의 운명이 흐른다

잘려 나간

왼쪽 다리를 절며

게들이 질근거린다


아줌마! 막걸리 없네!

# 자유에 이르는 거짓말

아무도 알 수 없는 컵
물을 부어 넣었다


안개란 게 도란도란 나타나
쇼윈도 앞, 속옷을 입었다


전에 없던 바람이 불어와
컵을 두 번이나 쏟았다


저녁나절 신상이 들어왔다.
마네킹은 울다가 웃다가
서러워서 웃었다

붉은 조명, 바람길에 서서

살구꽃도 피지 않고, 열매도 없는

마네킹의 가슴을 나는 이미 알고 있었다

# 타지 않는 시집은 버려라

천년의 업보,
세월을 말려놓은 초록의 한 마디,
사북으로 가거라


'타지 않은 시집은 버려라.'


억겁
석탄의 침묵,
눈처럼 저항 없이 쌓여갈 때
사북으로 가거라


해어진 작업복,
굳은 철모, 마스크
텅 빈 심장으로 가거라

밀봉된 밀랍

사납게 물든 벌들의 불꽃,

사북으로 가거라


너를 알기까지는,

낮은 데로 임하소서 Black!

나를 알기까지는…

낮은 데로 임하소서 Black!


'타지 않은 시집은 버려라.'

# 산산조각

누가 묻기를
자네는 그 많은 시들 중에서
첫손가락을 꼽으라면
어떤 시가 있느냐고 묻는다
글쎄요 음 산산조각이겠죠

절망을 바라보는 기표적 표현
산산조각 자세히 들여다보면
모두가 조각난 사막
채화된 먼지의 원형

무거웠던 바위
산산조각 가슴에서 뛰놀았고
무심한 바람 푸르던 나뭇잎들이 나부대며
산산조각이 난다

그래 산산조각이 나고 있다

몰래 가슴에 꽃이 시들어

부서지고 지나는 달빛에 날려간

세월이 산산조각이 난다


*정호승 시인의 대담 중에서

# 어리석은 시선

당신은 나더러 돈이 없다고 무시합니다
가난하다며 하찮게 여깁니다


더러는 욕까지 합니다
심지어 돌을 들어 던지기도 합니다


당신은 내 속에 무엇이 들었는지
전혀 알지도 못합니다


어떤 보물이 들었는지 관심도 없습니다
당신은 그저 껍데기 돈이 전부입니다

# C 소녀를 위한 단상

카르마 따라 걸어온 흙길

모음이 생겨나서 난생처음

화장을 지웠다


멀쑥한 담장 밑

자음의 좀비를 보며

C 세계에 입성한 거룩함


가위, 바위, 보

다리와 야윈 어깨

떨어져 나가고

가느다란 모음이 바람에 휘청거린다

# 뛰는 그리움, 나르는 바다

바다가
뛰어오른다
그리움이 사는
가슴을 묻어두고

은빛 젖가슴
그리움이
나르는 바다

찰랑거리는
그리운 추억

아, 바다

바라보는 푸른 물결

달려오는

숭고한 저 가슴을 보라

# 자유

어느 것 하나 걸치지 않는
욕심 없는 세계

가진 것도
가질 것도 없는 텅 빈 우주

마늘 껍질 흉측한 외면
욕심에 잉태된 과거

소유의 나라 텅 빈 하늘
바람의 신원

이해되지 않는 욕망
아바타로 조각했다

# 어떤 이별

콜라병의

뚜껑이 열려 있었다


버렸다

미련 없이

# 나는 지금 몇 시일까?

1) 3시

2) 6시

3) 9시

4) 잘 모른다

# 사랑을 지우는 계절

목련꽃이 꽃비에

사랑을 잃은, 여인의 치마처럼

길바닥에 갈색 울음을 흘리고 있다


보얀 얼굴

다 어디 가고 가시 곁에

자존심을 붙들고 있는가?


갈색 추억만

부르지도 않았다면,

바닥이 멍든 저 바다는 아니었을 텐데

# 발문

● ● ●

## 『주목받고 싶은 천 개의 바람』 출판에 부쳐

발문이라는 어학적 사전의 의미를 들자면 책의 끝에 본문 내용의 대강이나 간행 경위에 관한 사항을 간략하게 적은 글이라 했다.

주로 권위 있는 문학 평론가들이 시편을 감상하고 전문가로서 시평을 하는 게 일반적이다.

그러나 이번 김승덕 시집에 관한 발문은 본인이 직접 평하고자 한다.

일명 시작 노트라는 개념의 범주 안에서 선정된 10편의 시편을 풀어서 감상하고자 한다.

텍스트의 주인공은 독자이므로 시에 대한 특정한 정답이
없음을 먼저 주지시키며, 짧고 우둔하며 서툰 글에 대한 느낌
을 담담히 전하고자 한다.

시 이론상의 장착해야 할 구성요소에 대한 별도의 세밀한
지적은 생략하기로 한다.


꽃이 필 때
엄마는 무얼 보며
살았을까?

흐드러져 나부끼는
저 꽃들이 필 때
엄마는 어디에 혼을 두고 계셨을까?

꽃을 잃어버린
엄마 가슴에
하얀 목련꽃을 보았다

- 「꽃이 필 때」 전문

고독과 외로움이 없는 시인은 진정한 글을 쓸 수 없다.

지나온 과거를 회상해 볼 때 엄마의 자리는 사랑과 희생만 존재하였을 뿐 그의 뒷자리는 늘 눈물 흥건한 자리였다.

그 언제 여유 있는 꽃으로 살아왔겠는가? 어머님이 돌아가시고 들에 핀 꽃을 보면서 어머니를 그 꽃잎 위에 올려 두었다.

언제 꽃으로 개화된 적이 있었겠는가 돌이켜보았다. 하얀 목련꽃처럼 쉽게 지고 만 어머니의 삶을 아프게 재조명해보는 그런 시상이다. 엄마는 늘 아픈 존재고, 어디 하나 깨물지 않아도 아픈 우리들의 가슴 한편 비련의 주인공이다.


1, 2연은 과거에 살아온 어머니의 애달픈 모습을 회상하고 3연은 현재 돌아온 어머니상을 보여주고 있다. 꽃을 잃어버린 어머니 가슴에 하얀 목련꽃이 보인다는 시인의 시선이 머무는 지점에 우리는 가보아야 한다. 앞서간 어머니의 회상을 불러들여 꽃잎 앞에 세우고 어머니의 짧은 봄날을 아쉽고 안타깝게 조명해 보고 있다.


누구나 이 시를 3번 정도 곱씹어 보면 어머니가 가슴으로 들어와 계실 것 같다.

바다의 바람살
굳고 험하다 해도
해를 두려워하지 않는 널
눈이 시리도록 껴안는다

어제도 그랬었지
미친년처럼 나부대며
희롱하고 할퀴고 울 때
바다에 뛰어드는 줄 알았다

우우하며
100년 200년 울부짖고 서 있는
너는 도대체 누구란 말이냐

  -「해송」전문


　이 시는 3연으로 구성된 해송을 그린 수채화와 같은 시다.
이 시의 특징은 마치 그림 한 폭을 보고 있는 듯한 생명감과
입체감이 묻어나오는 시다. 시를 감상하면서 이렇게 꿈틀거리
는 시를 대하는 독자들은 행복하다.
　영화에서 인상 깊은 장면이 나오면 관객들은 자기도 모르

게 몰입되는 경향이 있다. 이 시가 그런 종류의 시에 속한다. 부산 태종대를 돌아보면 바다를 배경으로 해송들이 즐비해 서 있다.

바람이 휘몰아치는 날 태종대유원지를 한 바퀴 걸으며 산책을 한 적이 있다. 그 흔들리는 바람에도 해를 두려워하지 않는 당당함에 시인은 매료되었다.

1연은 모진 풍파 견디어 서 있는 끈질긴 소나무의 기개를 묘사하였고, 2연은 이러한 고초와 고난 속에 바다에 뛰어드는 세상사와 연계하여 의인법을 동원하여 시를 실감 나게 묘사했다.

우리나라 자살자 수가 세계에서 1위라는 보도를 접할 때마다 얼마나 힘들고 어려웠으면 그럴까 생각해 보았다. 인간이라면 저 정도 고난을 겪으면 뛰어내릴 법도 한데, 해송은 그렇지 않다는 얘기다.

눈앞에 해송의 역경을 견디는 모습에 시인의 내심은 걱정을 하는 모습이 서려 있다. 외로운 사고의 역설적인 표현일수가 있다. 누구나 비를 맞고 살아가듯 인간들은 이렇게 모진 해송의 모습을 견주어 감상하였다면 자살자의 수가 줄지 않겠나 하는 생각도 해보았다.

3연에서 급기야는 시인은 해송이 이러한 고난과 고초를 100년 200년을 묵묵히 인내하며 자기 자리를 지키며 서 있는 모습에 감복하여 "도대체 너(해송)는 누구인가?"라며 근원적 질문을 하고 있다.

시래기가 바람에 흩날립니다
포승줄에 묶여 결락된 청춘으로 산 지도 오래
사람들은 나를 벗은 몸이라 깔깔 되지만
바람 앞에 이해받고 싶었고 사랑받고 싶었다
자연의 방식대로 폐부의 푸른 옷들은
이제 입을 수가 없다
처음에는 선험적 미립자처럼 내게 살며시 다가왔고
그러다 착란 같은 사랑에 빠졌고
온몸으로 그를 맞이했다
비록 적신이 말라 비틀거린다 해도
처마 밑 생을 그렇게 살다 간다 해도
우리는 맥락에 의한 사연 깊은 연으로 귀결하는
풋풋한 사랑을 믿었고
그가 서쪽에서 날 만지러 올 때
온몸으로 거부도 해보았지만

야위어가는 내밀한 마음의 바삭거림으로는
어쩔 수 없었다
사랑은 늘 서걱거리도록 아프다
바람과의 인연 외줄에 기댄 억겁의 세월
다 내어주고 다 가져가 버린...
내가 그를 사랑했기에
시래기가 바람에 안기어 오늘도 생멸의 춤을 춘다

  -「시래기는 참 맛있다」전문


시래기는 우리나라 토종 음식이다. 시래깃국은 누구나 한 번쯤은 먹어본 기억이 있다. 시골집에 가거나 옛날을 상상해 보면, 무 김장을 하고 나서 무청을 버리지 않고 짚으로 만든 끈이나 처마 밑 빨랫줄 형식으로 만들어 그곳에 무청을 가지 런히 걸어둔다. 시간이 지나면 무청이 말라 건조한 시래기가 되는데 영양분이 듬뿍 들어있다.

  시인의 눈은 빨랫줄에 걸리어 시들어가는 시래기의 생멸의 순간을 포착하였고, 이 시를 창작하였다. 시의 초월적 상상력 은 수필이나 기행문과 같은 문화적 공간과는 차원이 다르다.

시의 세계는 높은 우주 공간에 세계를 향유하기에 그들 문학의 세계보다 한층 문학적 위치를 달리하여 높게 평가한다. 이 글을 산문적 흐름으로 읽다 보면, 무청이 햇볕에 혹은 바람에 수분을 증발시키고 시래기로 전환되는 과정을 문학적 수사법으로 상상하며 치환하였다. 시래기를 은유화, 의인화하여 시의 완성도를 높인 작품이다.

마무리에 "시래기가 바람에 안기어 오늘도 생멸의 춤을 춘다"라며 시인은 시래기와 동고동락하며 작품의 끝을 맺는다.

시인의 눈은 사물 깊은 곳을 내통하고 있으며 그들의 신음까지 들으며 사물 속의 영혼을 훔쳐내어 글로 표현하는 사람이다.

보잘것없는 무청이 시래기로 변하는 순간 사람들에게 건강식품으로 몸에 좋은 수많은 비타민을 제공하는 보물로 변한다.

시래기를 통한 문학적 기표들이 행간에 섞이어 아름다운 그림으로 나타났다.

이제는
꽃이 되고 싶어요
저도
꽃이 되고 싶어요

전쟁 같은 모진 세월
해와 달 안고
울었었는데

저 노을, 날 안고 가기 전
한 번은 꽃이 되고 싶어요
꽃이 되고 싶어요

야스락 야스락
사랑받는 꽃 쓰린 가슴
저를 많이 사랑해주세요
서러웠던 세월만큼이나

꽃이
되고 싶어요
꽃이 되고
싶어요

꽃이 되고 싶어요

– 「꽃이 되고 싶어요」 전문



이 시는 한평생 수고와 희생으로 보낸 우리 어머님에 대한 숨은 내면의 고백일 수 있다.

꽃이라는 존재, 누구나 아름답게 개화하고 싶은 욕망을 그 행복의 순간을 가지고 싶어 한다.

시는 사람들의 내면을 통찰하고 감성을 읽을 줄 알아야 한다. 행간의 구성이나 시적 장치는 없다. 다만 음악적 리듬만이 있을 뿐이다.

그러나 시인은 화가의 밀도 높은 내면을 표면화하고 있다.

1연에 이제는 꽃이 되고 싶다는 것은 과거에 꽃이 누리는 행복을 맛보지 못했다는 가설이 설정된다. 1연과 2연은 꽃이 되지 못한 과거의 삶을 얘기하고, 3연은 현재 상황을 마음으로 꽃을 갈망한다. 4연은 화자가 꽃이 되고 싶다는 이유를 설명하고 있다. 행복한 꽃의 전제 조건은 사랑받는 데 있다. 꽃이 사랑받지 못하는 것은 불행한 일이다. 5연에서 화자는 속

에 있는 심정을 절규하는 심정으로 쏟아내고 있다. 꽃이 되고
싶다는 얘기는 사랑받고 싶다는 얘기와 같은 말이다. 세상 누
구나 사랑을 절대적으로 필요로 한다. 특히 여자의 감성은 늘
이렇듯 사무친다.


할아버지가
돌아가셨다

장지에 도착하여
이제 이별의 하관을 하려는데
따라온 다섯 살 된
딸이 엄마 손을 팔랑팔랑 흔들며

묻는다
엄마
할아버지 이렇게

심으면
언제 나와

눈물로
범벅된 엄마의 눈이

그냥
동그래졌다

– 「새싹」 전문


　이 작품은 보기에 따라서는 동시에 가까운 시다.

　할아버지 장례식 때 일어났던 일을 어머니의 시선과 아이의 시선이 교차하면서 발생하는 아름다운 한 부분을 교묘하게 발견하는 시다.

　아이의 시선은 하관하는 할아버지의 관을 새싹의 씨앗으로 바라보는 상상의 한 지점을 주목하지 않을 수 없다.

　씨앗은 발아의 과정을 거쳐 새싹으로 태어나는 것이다. 아이의 시선 속에는 우주의 비밀이 간직되어 있었고, 생명의 탄생을 바라보는 영안이 탑재된 시선이었다.

　아이가 바라보는 시선의 지점과 그것을 알아차린 엄마의 시선이 마주칠 때, 엄마는 화들짝 놀라고 있다.

"엄마의 눈이 그냥 동그래졌다."

딸의 기이한 시선에 엄마도 놀라며, 그 상상력으로 들어가 할아버지가 새싹으로 생환하는 그 시점을 바라보며 속으로 감탄사를 쏟아낸 듯하다.

가끔은 주목받고 싶은 생이 되고 싶다던 그녀의
감색 얼굴이 새파랗다.
지독한 사랑을 위해 소주잔의 전설을 배운다.
외로운 육체 섬을 안고 사는 심장 쓴 보혈이
유성처럼 쏟아지는 밤
별들과 바람의 노래와 차가운 카바이드 호롱불과
입맞춤하며
회색 도시의 찬 술잔을 마신다.
내 생애 따뜻한 사랑 딱 한 번만이라도
…
한 여인의 빈 가슴이 태평양보다 넓고 깊게 보인다.
눈가에 촉촉한 이슬 가끔은 주목받는 사랑을
단 한 번이라도 받아봤으면 하고
어둡고 긴 내면이 시큼한 소주잔으로 핥기 시작했다.
바람이 분다. 사랑받지 못한 아픈 천 개의 영혼이

떠다닌다.

그녀 앞에 뒹굴며 섰다 사랑받지 못해 날마다 질은

감색 립스틱을 거울에 새기고 슬픈 눈가에 이슬을

훔쳐먹고 사는 그녀 앞에

천 개의 바람이 다가와 풀처럼 눕는다.

주목받고 싶은 사랑, 사랑 그놈 그 부재한 그녀가

오늘도 천 개의 풀들과 바람 속을 수없이 휘돌다

나오며

구멍 숭숭한 사랑의 감옥 앞에 우두커니 서 있다

-「주목받고 싶은 천 개의 바람」 전문

　

우연히 늦은 저녁, 지인들과 헤어지며 포장마차 골목을 지나게 되었는데, 포장마차 빈 곳 사이로 한 여인이 홀로 앉아 소주를 측은히 마시고 있었다.

늦가을이라 그래서인가 바람도 싸늘하게 불어왔고, 저녁 공기는 쌀쌀함에 묻어 더 차갑게 느껴졌다. 귀가 후 자리에 누웠는데도 그곳에 홀로 외롭게 술을 마시던 그 여인의 모습이 떠나지 않았다. 그래서 포장마차 속에 화자를 데려와 이 시를 창작하였다.

물론 가상 속의 내용이지만 가을의 쓸쓸함과 외로운 심정을 잘 나타내는데, 온 심혈을 기울였다.

시는 늘 시공간을 초월한다. 창조된 공간에서 화자의 감성을 여러 각도에서 연출하며 감성을 만들어낸다.

영화의 영상처럼 시는 곱게도 만들어져 내 앞에 우두커니선다. 이 시는 특별히 어려운 곳은 없다. 그냥 화자를 따라 산책하다 보면 소주 맛이 왜 시큼해졌는지 그 이유를 알게 될것 같다.

이 시는 시 낭송가님이 가져다 배경음악과 더불어 낭송을하였는데 들은 내내 화자가 생각이 나서 울컥하는 마음을 지울 수가 없었다.

시인의 감성은 늘 여리고 가늘거린다.


태엽을 감아 놓았다. 얼마나 감겼는지
인형 머리에 붙은 버튼을 누르자
경쾌한 음악이 흐르며 인형은 갖은 형태의 동작과
춤으로 지평선을 헤엄쳐 다닌다
저것이 살아날 띄는 토끼와 흡사하다.

경이롭게 활보하는 인형

인형이 제자리에 선다. 고요한 침묵이 흐른다

맞난 사랑을 가져다주고 얼레여도 인형의 눈동자는

움직이지 않는다

간밤에 감아두었던 태엽이 제자리로 돌아간 것이다

인형 놀이가 끝난 뒷사람들이 큰절한다

태엽을 잃어버린 인형은 국화꽃 옆에서 염화미소를

지으며 나를 바라본다


– 「인형 놀이」 전문



누군가 그런 말을 한 적이 있다.

"인생 끝에 무엇이 있는지 뻔한데…"

인형 놀이는 인생 놀이를 비유법으로 표현한 시다. 인형들의 생사화복을 초연히 인생과 비유하며 적은 시다.

태엽이 돌다 멈추면 끝나버리는, 그리고 태엽을 잃어버린 인생은 국화꽃 옆에서 염화미소를 지으며 나를 본다며 끝을 맺는다. 이 말은 우리가 장례식장에 가면 좌우로 길게 늘어져서 있는 국화꽃 행렬을 바라본다는 것이다.

"인형 놀이가 끝나고 인생 끝에 무엇이 있는지 뻔한데 뭐 한다고 그리 힘들게 싸우고 난리인가?" 묻지 않을 수가 없다.

이 글을 세 번만 읽어보라고 권하고 싶다. 인생이 얼마나 허무한 존재인지를 깨닫게 될 것이다.

시는 한계성을 지니는 폐쇄된 감성적 용어가 아니다. 인간이 겪게 되는 생로병사의 모든 영역에서 상상력과 기지를 발휘하여 창조적으로 생명력을 불어넣어 탄생시키는 고단위의 언어 마술사가 시인이다. 부단히 시공간을 초월한 영역에서 사물의 신비를 낚는 고상한 눈을 가진 이가 시인이다.

자넨 하나님을 아는가? 그의 아들 예수를 아는가?
교회에 다니지 아니한가?
2+2=4를 알고 있는 너와 나 2+2=5가 되는 하나님을
어찌 안단 말인가?
5가 되는 파생적 화학적 현상에 참여해보았는가?
문밖에서 논증의 알사탕을 빨고 있는 자네가 5
의 세계를 열고 들어가 오감을 통해 그의 세계를
탐색하지 않은 이상 너는 하나님을 모른다고 답을
적는 게 맞다

바람의 모습은 볼 수도 만져지기도 할 수 없는
영물이 아니겠는가

교회 정문 앞에는 알 카포네가 십자가를 4달러에 팔
고 있었고 입장객들은 입장권을 들고 문 안으로 들어
갔다. 5의 병리적 연설을 들으면서 하나님을 아는
체했다

저렇게 고함치는 자는 코페르니쿠스의 변동 학설을
증명할 지식적 텍스트양이 넘쳐나고 있을까?

교회 문을 나서는 자들의 마음속에 5의 물리적
한계를 초극하는 비밀 하나는 가슴에 품고 나오는
것일까?

믿음이라는 영의 세계는 수학적 논증이 필요 없는
별들의 이상한 합집합의 세계다

아인슈타인이 4의 논리성이 듬뿍 요리된 물리학을
우리 머리 위에 붓고 기도하지만 영의 세계는 미시적인
양자학을 찬양한다

물이 변하여 포도주가 되는 5의 세계를 사는 사람이
기독교인들이다

늘 5를 바라보며 투시하는 사람들 4의 존재가 5
의 존재를 알아본다는 것은 불가능한 일이다


－「어떤 변증법적 방법」 전문

이 글은 산문시라고 할 수 있다. 산문으로 다루어야 할 종교학적 논증에 가까운 글이다. 그러나 한 번쯤은 영의 세계와 관계되는 비과학적인 사건들을 접하면서 상상해볼 수 있는 재미나는 일들이라고 생각했다.

성경에서 말하는 "하나님은 영이시니"라는 말씀은 이미 육의 세계를 벗어난 우주 어느 공간의 이야기다.

우리는 알 수 없고 논리적 물리학으로는 이해가 안 되는 영역이다. 그러나 시인은 이러한 영역도 넘나들어야 상상력과 판타지적 사고력을 창출할 수 있고 시를 적을 때 무한한 시공간을 날아다닐 수 있다. 육의 공간에서 육의 한정된 시야로 시의 무궁무진한 세계를 다 그릴 수는 없다. 이 글을 소개하는 목적은 앞서 얘기한 것과 같이 하나님이라는 영의 영역을 가늠해보고 상상해보자는 데 의의가 있다.

예수님의 첫 행적 갈릴리 가나?

혼인 잔칫집에서 물로 포도주를 만드는 신비한 사건을 물리학적으론 해석할 길이 없다. 시는 물리적 영역을 뛰어 넘는 영역이기에 예술적 지위가 늘 상단 위에 존재하는 것이다.

시는 모든 만물의 영적인 발아 지점을 탐색하고 그것을 글로 만드는 것이기에 시인은 어떤 의미에서는 영적인 존재다.

붉은 산 위에 흰 달이 뜰 때
아기는 운다
붉은 산이 꿈틀대며 자글거린다

잠을 자고 일어나니
붉은 산 위에 뽀송뽀송
흰 달이 떴다.

신기한 흰 달
활짝 웃는다
붉은 산에서 흰 달이 솟을 때
아기는 운다

자고 나니 불쑥 솟은
흰 달을 보며 엄마는
고운 미소를 짓는다

- 「붉은 산 위에 흰 달」 전문

시인의 시선은 태산보다 높고 바다보다 깊을 수 있다. 어떤 사물을 볼 때도 그냥 지나치는 법이 없다. 사물을 포착하여 그 속에서 영물을 잡아내는 재능이 탁월하다.

이 시는 엄마와 갓난아기와의 관계 속에 벌어지는 영상을 시적인 요소를 가미하여 은유법으로 포장되어 있다.

아기가 태어나서 얼마간 시간이 지나면, 잇몸에서 새하얀 이빨이 솟아 나온다. 이때쯤이면 아기는 잇몸이 자글거려 자주 울어댄다.

붉은 산은 아기의 잇몸으로 흰 달은 아기의 이로 은유화 되어 있다. 엄마는 아기가 울어대며 칭얼거리는 이유가 이빨이 솟고 있다는 사실을 알았을 때 어떤 느낌이었을까? 엄마의 심상을 그림같이 표현한 아름다운 시다.


마흔이 지나면서
왼쪽 심장에 실낱같은
바람이 불어왔다

마흔이 지나면서
오른쪽 가슴이 무너지는

갱도坑道 사고가 났다

마흔이 지나면서
다 날아가고 없는
텅 빈 광야를 보았다.

마흔이 지나면서
웅성거리는 태풍이 다닌다는 걸
처음 알았다.


－「마흔이 지나면서」 전문


이 시는 누구나 인생사 과정에서 겪게 되는 경험담을 함축
해서 묘사하였다.

마흔이라는 특정한 나이를 지목한 것은 여자든 남자든
대충 이 나이를 지나면서 인생을 이해하는 나이가 되기 때
문이다.

1연에서는 마흔이 지나면서 실낱같은 바람이 불어왔다며,

바람이라는 존재가 상징하는 의미를 알았다는 정도의 개념을 심어주며, 인생이 쉬운 게 아니라는 것을 느끼게 한다. 세상 만만한 게 하나도 없다는 사실을 깨닫게 된다.

2연에서는 마음에 갱도 사고가 났다고 한다. 갱도 사고란 급작스럽게 닥친 내란을 말한다. 탄광 깊은 곳에서 갱도 사고가 나고 내가 그 현장에 있다는 가정 아래 상상해보자. 사업 실패, 퇴직 권고, 교통사고, 이혼 기타 개인들의 흑역사가 기록될 여지가 있음을 밝혀둔다.

3연에서는 마음의 광야와 같은 쓸쓸한 외딴섬을 아는 느낌을 배우게 된다.

4연에서는 태풍이라는 자연의 재해까지 그 깊이를 통찰하는 경험을 하게 된다는 말이다.

마흔이 상징하는 나이가 꼭 마흔이라는 것이 아니라, 그 이후로도 개인사 다방면의 차이가 있는 것이다.


소통하고 싶은 많은 글이 있지만, 여기서 간략하게 마무리하려고 한다. 특히 시적 장치를 갖추지 못한 부분은 독자 여러분의 몫으로 돌리려고 한다. 아직 여물지 못한 글이기에 더욱 그러하다.

부디 여러분의 가슴에 상상력의 날개가 이 시를 읽는 동안에 활개 치며 비상하기를 즐거운 마음으로 앙망해본다.

# 후기

• • •

봄인가 싶어 푸른 빛 먼 산 품어 새들과 꽃들과 만남을 약속한 채 상큼한 꽃다발 한 아름 여기 내려놓습니다.

코끝을 찌르는 향내가 온 마음 심장 쿵쿵거리고, 시를 품고 추억의 순간들, 장면 하나하나를 어떻게 다 헤아릴 수 있을까 생각해봅니다.

시인이란 외롭고 고독한 존재지만, 시가 나에게 가져다준 행복은 이루 말할 수가 없습니다.

시 한 편 액자에 넣어 걸어두고 지날 때마다 보이는 깊은 생명이 늘 가슴을 따뜻하게 해줍니다.

"장성한 딸이 아까워 시집을 못 보낸 어리석은 아버지"

이미 시집을 발간해야 했는데 게으름으로 오늘에야 탈고하게 되었음에 미안한 마음 고개를 숙일 뿐입니다.

시를 잘 써야 한다는 강박관념은 없습니다. 내 마음에서 우러나오는 꽃들을 진실한 마음으로 건지면 되는 단순한 일이기 때문입니다.

시는 문학의 장르 중에 최고봉의 자리에 앉아 있습니다.

왜 시가 그 자리에 있어야 하는지는 예술의 문턱을 넘어본 사람들은 누구나 동의하리라 봅니다.

시의 깊숙한 그곳에서 울려 퍼지는 신음을 들을 수만 있다면, 세상의 가장 행복한 사람이 되기 때문입니다.

다녀간 시를 사랑했었고, 지금도 사랑하는 마음에는 조금도 변함이 없습니다.

여기 시들은 선택하여 뽑은 시들이 아닙니다. 지금으로부터 역산하여 2021년 2월 말까지 쓴 시들을 중심으로 이번 시집 1호를 만들었습니다.

차후 시간이 허락된다면 그동안 써놓은 시들을 분량만큼 꺼내어 시집 2호를 낼 생각입니다. 둘만의 연정 시들을 차근히 내놓을 생각입니다.

인생의 괴로움과 고통의 순간들을 조명하며, 깊은 내면의

울림들을 간직하며 곱게 차려입고 인사를 할 것입니다.

이번 작품의 시들은 특별나게 관념적이지 않습니다. 어려워야 문학의 가치가 올라가는 것은 아닙니다. 다소 서툰 모습이 있더라도 이해 있으시길 바랍니다. 시의 형상과 그 나름대로 상상력에 의한 영감 있는 시 세계를 보여드리려고 노력했습니다.

독자는 이러한 묵향을 느끼고 감상하며, 예술의 가치를 평가할 것입니다.

오랜 기다림 끝에 출간하는 시집이기에 늘 영감을 허락하신 하나님께 감사의 박수를 보냅니다.

끝으로 독자님들의 행복과 건강을 빌며 다시 한 번 감사의 고개를 숙입니다.

2022.6
영도 외딴 섬에서
**김승덕**